Une bouteille dans la mer de Gaza

FichesdeLecture.com

Une bouteille dans la mer de Gaza (Fiche de lecture)

I. INTRODUCTION

L'auteur

Valérie Zenatti naît à Nice en 1970 dans une famille juive. Ils émigrent en Israël, elle a alors 13 ans. Ils vivent dans une ville du sud d'Israël. De 1988 à 1990, elle effectue son service militaire, expérience qu'elle décrit dans « Quand j'étais soldate » publié en 2002.

Elle retourne en France pour faire des études d'histoire et d'hébreu. Elle devient journaliste, puis passe le Capes pour devenir professeur d'hébreu. Elle obtient un premier poste à Lille. À partir de 2000, elle se consacre à l'écriture pour les jeunes et les adultes et fait des traductions d'œuvres écrites en hébreu.

L'œuvre

« Une bouteille à la mer de Gaza » est publié aux éditions École des Loisirs, Médium en 2005. Il reçoit le Prix Tam-Tam du livre de jeunesse la même année. L'auteur met en scène deux jeunes, une israélienne de 17 ans et un palestinien de 20 qui correspondent.

II. RÉSUMÉ DU ROMAN

Nous sommes à Jérusalem où le quotidien des ses habitants rime avec attentat, kamikaze ou encore mort. La terreur, la haine et les affrontements sont devenus routiniers. Une jeune israélienne de 17 ans, Tal, déteste cette situation, elle refuse de s'y habituer, tous comme ses parents qui sont pacifistes et tolérants et qui ont pleuré lors des Accords d'Oslo.

La jeune fille se montre déjà très mûre pour son âge, elle a déjà réfléchi à la mort et veut mourir très vieille et très, très sage. Elle a pris pour habitude de consigner dans son journal, ses sentiments, ses ressentis, ses réflexions, mais surtout ses inquiétudes et ses angoisses sur cette situation qu'elle ne comprend pas.

Le 9 septembre 2003, un attentat de plus ensanglante la ville, mais cette fois-ci, le drame a eu lieu au bar de sa rue. La jeune fille n'en peut plus de cette violence et décide de réagir. Alors qu'elle suit un cours de biologie, elle prend la décision de les envoyer à une fille « d'en face ».

Elle voudrait pouvoir discuter de la paix avec une jeune amie-ennemie de son âge. Elle rédige une lettre dans laquelle elle se présente et décrit son quotidien. Elle veut que quelqu'un d'en face lise ce qu'elle écrit et espère secrètement tisser un lien avec une adolescente et pouvoir partager ses peurs.

Elle souhaite aussi connaître la vie de l'autre « camp ». Elle place son message dans une bouteille et y ajoute son adresse e-mail, pour que son destinataire lui réponde. Elle confie la bouteille à son frère qui fait son service militaire a Gaza pour qu'il la jette à la mer.

Elle reçoit un message de « gazaman », un Palestinien de 20 ans, étudiant en médecine, ce n'est pas vraiment le destinataire que Tal s'était imaginé. En plus il se montre froid, moqueur et parfois méchant face aux écrits de la jeune fille. Il adopte un ton ironique et ne semble pas croire en l'espoir de paix et d'entente de Tal.

Au fur et à mesure, un véritable échange s'instaure dans lequel ils parlent de leurs familles. Leurs vies semblent si différentes et pourtant si proches. Tal qui a subi un véritable choc suite à l'attentat près de chez elle, à force de persévérance, elle arrive à percer la carapace dans laquelle le jeune homme se cache. Il se confie de plus en plus et ils découvrent la similitude de leurs quotidiens dominés par la terreur.

Tous deux rêvent de paix et d'entende et ne comprennent pas cette guerre qui semble les dépasser. À mesure que Naim s'ouvre, Tal en apprend davantage sur lui et une amitié naît, mais il lui annonce qu'il part poursuivre ses études à l'étranger. Ils se donnent rendez-vous dans trois ans.

III. ÉTUDE DES PERSONNAGES

Tal

C'est une jeune israélienne de 17 ans qui voudrait que la paix et l'entente reviennent à Jérusalem. Ses parents sont pacifistes et son frère est soldat près de la bande de Gaza. Le conflit et la terreur dans lesquels elle vit la dépassent. Elle n'en peut plus d'avoir peur et voudrait pouvoir confier et partager ses angoisses.

Alors qu'un attentat frappe son quartier, elle décide d'agir, tout ce qu'elle écrit dans un journal, elle voudrait que quelqu'un d'en face le lise. Elle voudrait avoir une amie-ennemie en face à qui parler et échanger leurs points de vue. Elle veut correspondre communiquer avec « en face ». Pour cela, elle rédige une lettre dans laquelle elle se confit et donne son adresse e-mail pour que son destinataire qu'elle imagine avec des cheveux noirs et du même âge et sexe qu'elle lui réponde.

Elle place sa lettre dans une bouteille pour que son frère la jette dans la mer de Gaza. En choisissant ce procédé, la jeune fille rappelle les démarches romantiques dans lesquelles ils mettent leurs espoirs sur papier pour ensuite les mettre dans une bouteille, puis dans la mer. Son action est en effet pleine d'espoir.

Lorsqu'elle reçoit une réponse, bien que ce ne soit pas le dentinaire qu'elle s'était imaginé, elle se montre curieuse et assez ouverte. Au début elle se trouve face à un jeune homme qui se moque de son idéalisme puis un dialogue et un échange s'instaure entre eux qui finissent par une amitié improbable.

Naïm

C'est un Palestinienn de 20 ans, habitant de Gaza. Il se montre moqueur et très critique face aux propos de Tal. Cependant il a pris la peine de lui écrire sous un pseudonyme « gazaman ».

Au fur et à mesure, leurs échanges deviennent réguliers, ils se racontent leurs vies de famille, le quotidien de leurs villes, de leurs pays, de leurs amis et leurs visions de l'avenir. Ils vivent en réalité les mêmes choses, l'isolement, la peur et se sentent impuissants.

Il commence à s'ouvrir vers la fin du récit et avoue faire des études de médecine, ce qui peut montrer qu'il veut sauver des vies et non en prendre. Lui aussi aimerait vivre en paix, à la fin du récit il part à l'étranger pour ses études.

IV. AXES DE LECTURE

La jeunesse au Proche-Orient

« Nous sommes nés là où la terre brûle, où les jeunes se sentent vieux très tôt, où c'est presque un miracle lorsque quelqu'un meurt de mort naturelle. Et moi, je veux continuer à croire que, si lui et moi parvenons à nous "parler" vraiment, ce sera la preuve que nous ne sommes pas deux peuples condamnés à perpétuité à la haine, sans remise de peine possible. »

L'auteur nous présente le quotidien de deux jeunes gens qui pensent sans cesse à la mort, aux combats, aux conflits et à la terreur. Alors qu'on est censé être insouciant et ne pas penser à ces choses-là quand on est jeune, les jeunes palestiniens et israéliens sont confrontés dans leur quotidien à la terreur, la haine et les affrontements. Ils se retrouvent au milieu d'une guerre qui les dépasse et les oppose. Ils subissent les événements et ne peuvent être maîtres de leur destin dans leur propre pays.

Dans les deux « camps », les jeunes souffrent, ils sont malheureux et impuissants. Valérie Zenatti nous décrit une jeunesse désenchantée, frustrée et dépossédée de ses illusions. Ils sont mûrs avant l'heure, ils n'ont pas le temps d'apprendre la mort puisqu'elle fait partie de leur quotidien depuis leur naissance. La menace d'un attentat ou la perte d'un proche les rend craintif, anxieux et constamment sur leurs gardes.

Ils sont privés d'une enfance et d'une adolescence « normale » faite de jeu, de découvertes, de rencontres, de rires, d'amitiés ou encore des premiers émois. Ils subissent l'engrenage des situations géopolitiques. Ils sont maintenus dans l'ignorance de l'autre camp, de cette absence de communication naît la méfiance, celle-ci engendre la violence et perpétue la mésentente. Leur vision du monde est faussée. Ce dont ils semblent souffrir le plus est le manque de communication, l'occasion de rencontrer de nouvelles personnes et de se faire des amis.

L'amitié

Il y a plusieurs formes d'amitié, l'auteur nous parle ici d'une amitié improbable. En effet, tout oppose les deux protagonistes au début du récit. Ils sont ennemis. D'un côté, il y a Tal, une jeune israélienne qui a beaucoup de recul sur la situation de son pays malgré son jeune âge. Puis il y a un étudiant en médecine palestinien, qui souffre lui aussi de ce quotidien.

Tous deux désirent la paix et ne plus avoir peur, ils se rendent comptent qu'ils vivent les mêmes angoisses. Cette volonté de vivre en paix les rapproche au fur et à mesure de leur correspondance. Au début, la communication est assez houleuse, il y a Tal qui dévoile ce qu'elle ressent et voudrait savoir comment sont perçu les événements dans l'autre camp. Tandis que Naïm, se montre très critique à l'égard de cette dernière.

Cependant, il arrive à dépasser sa peur d'être découvert et accusé de « pactiser avec l'ennemi » et raconte à Tal son quotidien : « *Je suis fatigué. (…) Fatigué d'entendre les radios et les télévisions allumées jour et nuit. (…) Tu ne peux pas savoir comme la haine me fatigue, comme elle m'épuise. Moi, j'ai souvent ressenti de la colère* ».

Elle semble être la seule à comprendre ce qu'il ressent et vice versa et pourtant, ils sont ennemis. Leur quotidien est similaire ce qui d'une part les rapproche et d'autre part leur permet de dépasser la haine et la violence. Au fur et à mesure des échanges, ils se comprennent.

Ce qu'ils ont en commun c'est l'horreur de la guerre, ils voudraient que celle-ci cesse, « *Il n'y a plus de singulier, moi, toi, il, elle, il y a juste un pluriel : les Palestiniens. Les pauvres Palestiniens. Ou les méchants Palestiniens, c'est selon. Mais le pluriel est toujours là. Pour ceux qui nous aiment sans nous connaître, pour ceux qui nous détestent sans nous connaître, nous ne sommes jamais un + un + un mais quatre millions. On porte tous notre peuple sur le dos, c'est lourd, lourd, lourd, ça écrase, ça donne envie de fermer les yeux* ».

À la fin du récit, Naïm quitte Gaza pour partir étudier à l'étranger. Là-bas, il n'écrira plus puisqu'il sera au calme. Malgré tout, leur correspondance se transforme en amitié. Ils se donnent rendez-vous dans trois ans.

Le conflit israélo-palestinien

Il s'agit d'un conflit qui oppose les Palestiniens et l'État d'Israël. Débutant officiellement le 14 mai 1948, jour de la création de l'État d'Israël, il prolonge le conflit qui opposait depuis les événements de Nabi Moussa de 1920 les communautés arabe et juive de la région de Palestine.

Ce conflit n'est toujours pas résolu, plusieurs facteurs sont à l'origine de celui-ci. Il y a à la fois des mésententes nationalistes et religieuses, mais le partage des frontières est le plus important. Pour tenter de remédier au conflit opposant Juifs et Arabes en Palestine, l'Organisation des Nations unies a lancé en 1947 un plan de partage de la Palestine conférant un État distinct à chaque communauté et plaçant Jérusalem sous contrôle international.

Le 15 mai 1948, plusieurs États du monde, dont les USA et l'URSS reconnaissent l'État Israël et les frontières du Plan de partage de l'ONU. Mais ce plan est contesté par la communauté arabe internationale et s'est traduit par une guerre de sept États contre la communauté juive de Palestine. Après cette guerre les frontières ont d'Israël ont changé et l'ONU et la plupart des pays occidentaux ont reconnu Israël dans les territoires fixés par les lignes d'armistice de 1949. Cependant ces frontières ne sont pas reconnues par tous les pays arabes et musulmans.

L'État s'est agrandi, il détient 55 % du territoire total, 40 % du désert du Neguev, une grande partie des terres côtières cultivables, c'est-à-dire 80 % des terres céréalières et 40 % de l'industrie de Palestine. Cette situation reste inchangée depuis 1949. Israël a occupé plusieurs territoires puis en a restitué puis en a occupé d'autres et en a été finalement évacué.

Depuis le début des combats, on assiste à plusieurs exodes, 700 000 Arabes palestiniens pendant la guerre de 1948, l'arrivée de 800 000 Juifs en Israël entre 1948 et 1952, puis un nouvel exode de 300 000 Palestiniens pendant la guerre des Six Jours, en 1967 et l'arrivée en Israël de près de 600 000 Juifs en provenance des pays arabes. On compte près de 4 000 000 réfugiés palestiniens aujourd'hui.

On dénombre près de 100 000 morts depuis 1948. Les opérations militaires, les soulèvements, les massacres et les attentats se succèdent sans qu'on puisse trouver une solution. Plusieurs négociations et conférences de paix ont également eu lieu, notamment les Accords d'Oslo qui sont un ensemble de discussions menées en secret, en parallèle de celles publiques consécutives à la Conférence de Madrid de 1991, entre des négociateurs israéliens et palestiniens à Oslo en Norvège, pour trouver une résolution au conflit israélo-palestinien. Cette paix prend fin en 2000 au déclenchement de la seconde Intifada.

Les points de discordes demeurent, aujourd'hui il y a plusieurs objectifs, une reconnaissance mutuelle des deux peuples, l'objectif de création d'un État palestinien aux côtés d'Israël et les problèmes liés au tracé ultime des frontières. Sachant qu'il y a toujours des colonies israéliennes qui occupent des territoires palestiniens occupés. Enfin il faut redéfinir le statut de Jérusalem et le contrôle de ses lieux saints.

Il faut ajouter les problèmes liés à la distribution d'eau, denrée importante au Proche-Orient, mais aussi le statut des réfugiés déplacés par le conflit.

Dans la même collection en numérique

Les Misérables
Le messager d'Athènes
Candide
L'Etranger
Rhinocéros
Antigone
Le père Goriot
La Peste
Balzac et la petite tailleuse chinoise
Le Roi Arthur
L'Avare
Pierre et Jean
L'Homme qui a séduit le soleil
Alcools
L'Affaire Caïus
La gloire de mon père
L'Ordinatueur
Le médecin malgré lui
La rivière à l'envers - Tomek
Le Journal d'Anne Frank
Le monde perdu
Le royaume de Kensuké
Un Sac De Billes
Baby-sitter blues
Le fantôme de maître Guillemin
Trois contes
Kamo, l'agence Babel
Le Garçon en pyjama rayé
Les Contemplations

Escadrille 80

Inconnu à cette adresse

La controverse de Valladolid

Les Vilains petits canards

Une partie de campagne

Cahier d'un retour au pays natal

Dora Bruder

L'Enfant et la rivière

Moderato Cantabile

Alice au pays des merveilles

Le faucon déniché

Une vie

Chronique des Indiens Guayaki

Je voudrais que quelqu'un m'attende quelque part

La nuit de Valognes

Œdipe

Disparition Programmée

Education européenne

L'auberge rouge

L'Illiade

Le voyage de Monsieur Perrichon

Lucrèce Borgia

Paul et Virginie

Ursule Mirouët

Discours sur les fondements de l'inégalité

L'adversaire

La petite Fadette

La prochaine fois

Le blé en herbe

Le Mystère de la Chambre Jaune

Les Hauts des Hurlevent

Les perses

Mondo et autres histoires

Vingt mille lieues sous les mers

99 francs

Arria Marcella

Chante Luna

Emile, ou de l'éducation
Histoires extraordinaires
L'homme invisible
La bibliothécaire
La cicatrice
La croix des pauvres
La fille du capitaine
Le Crime de l'Orient-Express
Le Faucon malté
Le hussard sur le toit
Le Livre dont vous êtes la victime
Les cinq écus de Bretagne
No pasarán, le jeu
Quand j'avais cinq ans je m'ai tué
Si tu veux être mon amie
Tristan et Iseult
Une bouteille dans la mer de Gaza
Cent ans de solitude
Contes à l'envers
Contes et nouvelles en vers
Dalva
Jean de Florette
L'homme qui voulait être heureux
L'île mystérieuse
La Dame aux camélias
La petite sirène
La planète des singes
La Religieuse

À propos de la collection

La série FichesdeLecture.com offre des contenus éducatifs aux étudiants et aux professeurs tels que : des résumés, des analyses littéraires, des questionnaires et des commentaires sur la littérature moderne et classique. Nos documents sont prévus comme des compléments à la lecture des oeuvres originales et aide les étudiants à comprendre la littérature.

Fondé en 2001, notre site FichesdeLectures.com s'est développé très rapidement et propose désormais plus de 2500 documents directement téléchargeables en ligne, devenant ainsi le premier site d'analyses littéraires en ligne de langue française.

FichesdeLecture est partenaire du Ministère de l'Education du Luxembourg depuis 2009.

Plus d'informations sur www.fichesdelecture.com

ISBN: 978-2-511-03013-4

Notes :